Faites-moi plaisir

Du même auteur

Mauvaise Conduite
Flammarion, 1998

Veronica
Éditions de l'Olivier, 2008
Replay, 2020

La Faille
Éditions de l'Olivier, 2013

MARY GAITSKILL

Faites-moi plaisir

traduit de l'anglais (États-Unis)
par Marguerite Capelle

ÉDITIONS DE L'OLIVIER

L'édition originale de cet ouvrage
a paru dans le *New York Times* en 2019
sous le titre : *This is Pleasure*

ISBN 978.2.8236.1633.0

M.

Cela faisait environ cinq ans que je connaissais Quin quand il m'a raconté cette histoire – ce n'est pas vraiment une histoire, à vrai dire, plutôt une sorte d'anecdote – sur une femme qu'il avait rencontrée dans la rue. Quin se croyait capable de percevoir la nature profonde des gens rien qu'en les regardant. Il croyait aussi pouvoir deviner ainsi ce qu'ils avaient vraiment envie d'entendre, ou plutôt, ce qui était vraiment susceptible de les faire réagir. Il était un peu présomptueux quant à ces fameux pouvoirs spéciaux, et c'est ainsi que commençait son histoire. Voyant une femme à l'air mélancolique, une « ancienne beauté », pour reprendre ses termes, se promener seule dans Central Park, il lui a dit : « Vous, vous êtes une vraie gentille ! » Elle lui a répondu : « Et vous, vraiment perspicace de vous en rendre compte ! » Après quelques minutes de conversation, il l'a invitée à prendre le thé. Elle a accepté.

Il n'a rien dit de plus à son sujet, hormis qu'elle était d'âge mûr, et manifestement esseulée ; elle n'avait jamais été mariée, travaillait dans les relations publiques, n'avait pas d'enfant. Même sans description visuelle, je m'en faisais une image très nette : son bras gracile et sa longue main, l'éclat subtil que renvoyait la courbe de sa joue tandis qu'elle se penchait légèrement en avant, pour capter son attention, l'esprit stimulé par cet homme étrange et inattendu. Et lui aussi se penchait sans doute vers elle. Quin avait une façon bien à lui d'absorber les gens.

Ils ont échangé leurs numéros. Je lui ai demandé s'il lui avait dit qu'il allait bientôt se marier, et il a répondu que non, il n'en avait rien fait. Il n'avait pas l'intention de l'appeler. Il lui suffisait de sentir le potentiel entre eux, de l'archiver comme une vidéo sur un téléphone portable, un événement appartenant déjà au passé. « Elle a envie qu'on lui fasse mal, mais juste un tout petit peu. Elle cherche surtout de l'affection. Qu'on lui mette une fessée avec, je ne sais pas, une raquette de ping-pong ? Et puis qu'on lui caresse le clito. *C'est ça, le plaisir.* » Il a marqué une pause. « *Et c'est ça, la douleur.* »

Quand j'ai répété cette histoire à mon mari, il était plié de rire. On l'était tous les deux. Pendant des années après cela, au moindre prétexte, l'un de nous croassait : « C'est ça, le plaisir – mon mari prenait une tête de pervers et faisait mine de pincer quelque chose. Et c'est ça la douleur ! » Et on était morts de rire tous les deux, on n'en pouvait plus. Toute cette histoire était vaguement sadique… si vaguement que c'en était ridicule. Ça ne portait clairement pas à conséquence.

« Ce ne serait pas une bonne idée en ce qui la concerne, a dit Quin. Elle a l'esprit ouvert, mais elle est sensible. Je suis fiancé à une femme beaucoup plus jeune, ça ne pourrait mener à rien de bon pour elle.

– Elle avait peut-être juste envie de vivre une expérience si elle se sentait seule, ai-je répondu. » Je suis navrée d'avouer que j'ai prononcé ces mots. Mais je pensais réellement que c'était possible.

Ils ont fini par se parler au téléphone ; c'est elle qui a appelé. Cette fois, il lui a dit alors qu'il était fiancé. Il a dit qu'il voulait qu'elle le considère comme une sorte d'ange gardien qui veillait sur elle par l'esprit. Ce qui a encore renforcé notre hilarité, à mon mari et moi. Même si ça renforçait aussi le sadisme sous-jacent. Je riais, mais je me demandais : cette femme savait-elle, même très confusément, qu'on se jouait d'elle ? Sentait-elle que quelque chose n'allait pas dans cette rencontre, comme on sent parfois un mystérieux cheveu nous frôler la joue ? Pourquoi est-ce que je trouvais ça si drôle ?

Ça me semble bizarre quand j'y repense aujourd'hui. Parce que je n'ai pas envie de rire. Je ressens de la douleur. Un vrai coup au cœur. Subtil. Mais réel.

Q.

Tard le soir, je suis allé à mon bureau pour la dernière fois. Je n'avais pas le droit de m'y rendre pendant les heures de travail, et je n'en avais pas envie ; ç'aurait été désagréable. Le directeur éditorial avait donné l'ordre à l'agent de sécurité de m'accompagner à l'entrée et à la sortie. On avait déjà emballé et expédié des cartons. Avant cela, ma femme était passée prendre une enveloppe d'argent liquide que j'avais laissée dans un tiroir pour les urgences. Même *elle* n'avait pas envie de mettre les pieds au bureau. Le seul collègue éditeur qui compatissait à mon sort avait accepté de la retrouver et de lui remettre l'enveloppe devant un kiosque de métro – détail cafardeux qui ne sert qu'à souligner le niveau de dégoût qu'éprouve

Carolina pour tout ce qui a trait à mon ancienne vie professionnelle.

Enfin bref, j'étais venu une dernière fois, pour récupérer une orchidée qui avait miraculeusement survécu à des mois d'arrosage inepte et voir s'il restait d'autres bricoles qui traînaient. Et il y en avait bien une, ou plutôt deux – même si ce n'étaient pas vraiment des bricoles, et que ce n'était pas moi qui les avais laissées là.

La première, c'était la plaque à mon nom qui, chose étrange, était toujours fixée au mur devant la porte de mon bureau, annonçant pompeusement l'existence du désormais inexistant Quinlan M. Saunders. Ça ressemblait à une mauvaise blague, et c'est surtout le « M » aux sourcils froncés, peut-être un peu prétentieux, qui m'a fait l'effet d'une gifle au moment de pénétrer dans ce qui était autrefois mon bureau – où la deuxième surprise m'attendait tranquillement sur ma table de travail : un paquet de cigarettes. On y avait collé l'image d'une pomme bien rouge sur fond blanc, recouvrant le logo d'origine, et au verso les mots « À chaque jour ses choix », positionnés à la manière d'un nom de marque, en lettres rouges et roses. En ouvrant le paquet, pas de cigarettes mais cinq minuscules rouleaux de papier méticuleusement rangés de façon symétrique. Déroulés, on y lisait en caractères noirs tout simples : « laideur ou beauté », « vérité ou mensonges », « courage ou peur », « gentillesse ou cruauté », « amour ou ____ ». L'espace pour le deuxième mot était laissé en blanc sur le dernier rouleau. Je n'avais pas besoin de regarder : j'en gardais un souvenir extrêmement sensible... comme quand un médecin vous appuie sur l'abdomen en demandant : « Et là, c'est sensible ? »

Des années auparavant, j'avais fabriqué ça pour une fille qui travaille toujours dans la rangée de bureaux en face du mien. Une fille simple avec des cheveux bruns coupés court, des yeux brillants et un joli teint. Elle avait la taille un peu épaisse mais le corps souple, la grâce d'une paysanne – confiante et modeste à la fois – et une assurance tranquille, supérieure à celle de la plupart des belles femmes. Ses yeux embrassaient le monde avec une profondeur pleine de passivité, et un éclair d'humour ravageur de temps à autre. Elle était intelligente, davantage qu'elle ne le pensait, et je voulais qu'elle apprenne à se servir plus activement de cette intelligence.

L'idée du paquet de cigarettes est née d'une discussion de couloir que nous avions eue au sujet des choix et des opportunités. J'ai passé plusieurs après-midi à mon bureau pour assembler cette petite œuvre délicate, à mes heures perdues. Comme c'est drôle et touchant de me rappeler le soin que j'y ai mis, ce mélange de sophistication et de puérilité, imaginant l'objet entre ses mains. Je l'ai invitée à déjeuner pour le lui offrir et, oui, j'avais raison : quand elle l'a vu, ce fameux éclair a illuminé non seulement son regard mais tout son visage, et à cet instant-là je suis devenu pour elle un magicien qui lui avait offert un objet enchanté. Comme si j'étais un vrai magicien, elle m'a écouté lui parler d'elle : comment elle était, ce dont elle avait besoin, ce qu'il fallait qu'elle corrige. « Une belle aventure nous attend », lui ai-je dit, et j'avais raison. À la fin, elle avait pris conscience de son ambition et appris à la satisfaire. Au fil du temps, il y a eu d'autres filles avec lesquelles j'aimais davantage flirter. Mais pendant des années – presque une décennie – j'ai entretenu notre amitié par des compliments quotidiens et des déjeuners réguliers. J'ai encore une lettre manuscrite de sa part affirmant que nos déjeuners étaient l'« apothéose » de sa semaine.

Et voilà qu'aujourd'hui elle avait retourné ce cadeau, non à moi mais à une pièce vide. Voilà qu'aujourd'hui elle faisait partie de mes accusatrices.

J'ai jeté le paquet dans une corbeille en sortant, mais ensuite, parce que je n'avais pas envie de laisser de traces d'une telle amertume après mon passage, je suis retourné le chercher. J'avais l'intention de le jeter dans une poubelle dans la rue. Mais au lieu de ça, je l'ai rapporté chez moi et l'ai rangé dans un tiroir où Carolina ne le trouverait pas.

M.

J'ai rencontré Quin quand il m'a reçue en entretien pour un poste d'assistante d'édition, il y a plus de vingt ans. À trente-cinq ans, j'étais un peu vieille pour le poste ; je quittais une publication de l'East Village à la fois vénérable et outrancière, et j'avais peut-être mis un peu de temps à comprendre que ces deux qualificatifs se neutralisaient l'un l'autre. Et puis, j'étais payée une misère et j'avais hâte de trouver mieux. J'avais entendu parler de Quin. Je savais qu'il était anglais, issu d'une famille traditionnelle fortunée (père banquier, mère dans la bienfaisance), et qu'il était excentrique. Et pourtant, son apparence m'a surprise. Il avait au moins quarante ans, mais l'allure et la silhouette mince d'un fringant jeune homme. Ses longs cheveux bruns lui tombaient sur le front dans un style juvénile qui semblait naturel sur lui. Il portait des vêtements raffinés – coupes simples et couleurs neutres mais d'une facture remarquable, souples et au drapé parfait, rien qui dépassait hormis le long foulard de soie qu'il arborait presque toujours autour du cou. Sans être bel homme, il dégageait une impression de beauté surprenante – puis soudain il projetait subtilement sa mâchoire en avant, ses lèvres entrouvertes laissant à peine deviner les dents du bas, et son visage étroit prenait une drôle d'allure d'insecte prédateur, comme une bestiole pourvue de mandibules.

L'entretien s'est déroulé de manière étrange aussi, tout d'abord saugrenu puis brusquement acerbe. Il posait des tas de questions qui semblaient hors de propos et personnelles, voulait par exemple savoir si j'avais ou non un petit ami. Il employait mon prénom plus souvent que nécessaire, et avec une intonation curieusement intime qui, associée à son accent britannique, paraissait non seulement précise mais aussi *comme il faut.* Ce côté *comme il faut* était un peu déroutant ; quand il m'a interrompue pour dire : « Margot ? Margot, je ne crois pas que votre voix soit votre meilleur atout. Quel est votre meilleur atout ? », j'étais tellement désarçonnée et perdue que je ne savais pas si je devais me vexer ou pas. Je ne me souviens plus de ma réponse, mais je sais que j'ai réagi de façon abrupte et pas très maligne, après quoi l'entretien a pris fin.

J'ai trouvé un autre poste, un meilleur poste, et pourtant, quand le nom de Quin surgissait dans les conversations, ce qui était fréquent – il n'avait a priori pas très bonne réputation mais rien de très clair, comme si les gens ne savaient pas trop quoi penser de lui, bien qu'il soit dans le paysage depuis longtemps –, me revenait le souvenir vif de sa voix et de ma déconfiture, et je me demandais pourquoi cette sensation m'était restée. Et puis, environ deux ans plus tard, je l'ai recroisé lors d'un salon du livre à Washington. Alors que j'entrais seule dans une salle de location aménagée pour l'occasion, je l'ai vu en train de poser pour une photo avec deux jeunes femmes élégantes, qui se pendaient à ses épaules, faisant des grimaces et des signes de gangsters avec leurs doigts. Il regardait l'appareil, pas moi, mais dès la photo prise, il s'est excusé pour venir me voir. Sa voix était différente cette fois – pleine de bienveillance et de simplicité, et si joviale que j'ai cru qu'il était soûl, ce qui n'était pas le cas. Il m'a dit qu'il était ravi que les choses se passent bien pour moi. Quand je lui ai demandé comment il le savait, il a répondu qu'il en avait eu vent : « Vous avez acheté un livre que je voulais, seule une personne sûre d'elle choisirait ce livre, je suis certain que vous voyez duquel je parle. » Et même s'il n'en avait rien su, a-t-il continué, il l'aurait deviné rien qu'en me regardant. Le va-et-vient mondain emplissait la pièce d'un bruissement vif ; quelque part dans le fond, il y avait un gâteau, des bouteilles et des fleurs. Les *gangsta girls* s'adressaient des signes et des sourires ravis. Tout ça ressemblait à un cadeau du ciel.

De retour à New York, nous nous sommes retrouvés dans un restaurant, jadis lieu de rendez-vous de l'élite artistique et désormais principalement fréquenté par des touristes et des hommes d'affaires. On nous a conduits à une banquette profonde. Quin a dit au serveur qu'il voulait s'asseoir du même côté que moi, pour pouvoir discuter plus facilement, et un instant plus tard il était là, son couvert devant lui. Je suis sûre qu'il n'a pas prononcé ces mots d'entrée de jeu, mais dans mon souvenir, c'est le cas : « Ta voix est tellement plus forte maintenant ! Tu es tellement plus forte maintenant ! Quand tu parles, ça vient du fond du clito ! » Et – comme si c'était la chose la plus naturelle du monde – il a glissé sa main entre mes jambes. « NON ! » j'ai dit, en brandissant ma paume ouverte devant sa figure, comme un flic qui fait la circulation. Je savais que ça l'arrêterait. Même les chevaux obéissent quand on leur colle une main sous le nez, *normalement*, et ils pèsent pratiquement une demi-tonne de plus qu'un être humain. L'air à peine étonné, Quin s'est réadossé à la banquette.

« J'aime la force et la clarté de ton "non".

– Bien », ai-je répondu.

Nous avons commandé. Nous avons parlé cuisine. Il a de nouveau exprimé son admiration pour le roman que j'avais acquis, que toutes les grandes maisons avaient refusé, y compris la sienne, au motif qu'il était misogyne (même si, bien sûr, nous ne le qualifierions pas ainsi, nous). Il a jaugé les autres clients dans la salle, imaginant ce qu'ils faisaient dans la vie, s'ils étaient heureux ou non. J'étais fascinée malgré moi, à la fois par les détails de ses spéculations et par leur apparente justesse. Il a accordé une attention particulière à un Japonais corpulent qui dînait seul avec une belle énergie, les jambes fièrement écartées, une main portant la nourriture à sa bouche, l'autre posée sur sa cuisse déployée, le poing serré. De tous les gens présents dans la salle (à part moi), c'est à cet homme que Quin avait le plus envie de parler, m'a-t-il dit, parce qu'il paraissait capable de « grandes choses ». Mais le principal souvenir qui me reste de cette soirée, c'est l'expression sur son visage quand il a battu en retraite devant ma paume tendue, cet étonnement docile qui était d'une certaine manière plus authentique et plus sincère que sa main baladeuse l'instant d'avant.

Je me souviens aussi d'un bref moment après le dîner. Il m'a raccompagnée chez moi à pied, et nous nous sommes dit au revoir si chaleureusement qu'un jeune passant a souri, comme touché par cette parade amoureuse entre personnes d'âge mûr. Je suis entrée dans mon immeuble et, arrivée à la moitié des escaliers, je me suis rendu compte qu'il me fallait du lait. Je suis ressortie pour aller à l'épicerie du coin. En ouvrant le frigo pour prendre le lait, j'ai jeté un coup d'œil de côté et vu un drôle de type à l'autre bout du rayon, qui se curait le nez avec un énorme mouchoir, tout en farfouillant de l'autre main sur une étagère. Toute sa posture était profondément voûtée, comme s'il exprimait physiquement une crispation d'ordre émotionnel. J'ai été très surprise de m'apercevoir qu'il s'agissait de Quin – cette façon de se tenir était si radicalement différente du port si droit et élégant dont j'avais été témoin toute la soirée. Il était tellement absorbé dans ses pensées qu'il ne m'a pas vue, et quelque chose m'a poussée à partir sans acheter mon lait, plutôt que de le laisser découvrir que je l'avais… quoi ? Vu se curer le nez ?

Le lendemain, il m'a envoyé des fleurs et ç'a été le début de notre amitié.

Q.

Je l'ai dit à Margot et à mon frère ; je ne l'ai pas dit à ma femme. Pas tout de suite. J'espérais encore que ça se tasse, ou du moins que ça se règle dans la discrétion, et cet espoir n'était pas infondé. Au début, les poursuites n'étaient pas engagées contre moi mais contre la maison d'édition, et tout ce qu'elle voulait c'était un dédommagement auquel l'entreprise était prête à consentir – pourvu qu'elle garde le silence sur ses accusations. Ces dernières étaient mesquines, absurdes – ce qui signifiait, comme Margot l'a souligné, que les tenir secrètes était quasiment impossible. « Comment veux-tu faire respecter ça ? a-t-elle demandé. Comment pourrais-tu savoir ce dont elle parle en soirée ? Où d'autre veux-tu qu'elle en parle ? Le viol, c'est une chose, mais ce n'est pas comme si elle pouvait aller voir les médias pour dénoncer un truc bizarre que tu as dit il y a des années. »

Margot se trompait. Je l'ai senti au moment même où elle disait ça. Mais à la regarder, solidement campée sur sa vision de la réalité, s'exprimant avec assurance tout en attrapant le sel pour saupoudrer généreusement ce qu'elle mangeait, je me suis senti rassuré. J'ai perçu son amour pour moi. Même si elle était en colère contre moi, elle aussi. Elle a saisi l'occasion pour me dire à quel point elle l'était, et ce depuis des années : « Tu traites les gens comme un divertissement. Tu plaisantes, tu aiguillonnes juste pour voir ce qui va les faire bondir, dans quel sens et jusqu'où. Tu appuies là où ça fait mal. Tu te délectes de la souffrance. A priori cette fille n'a pas l'air d'avoir de quoi faire un procès, mais franchement, je peux comprendre pourquoi elle est furieuse. Tu ne l'as pas touchée, au moins ? Je veux dire, sexuellement ? »

Je ne l'avais pas touchée. Je lui avais juste quelquefois posé la main sur l'épaule, ou autour de la taille. Peut-être le genou ou la hanche. De l'affection. Rien de sexuel. « Je n'ai vraiment pas envie que Carolina apprenne ça, ai-je dit. L'oppression masculine, elle déteste ça. Elle déteste vraiment. »

Et Margot a éclaté de rire. De rire ! « Tu viens vraiment de dire ça ? *Toi* ?

– Je m'inquiète pour ma femme », ai-je répondu.

Elle a repris son sérieux. « Si ce n'était pas sexuel, tu n'as pas à t'en faire.

– Mais on pourrait tourner ça de façon à ce que ça en ait l'air. Ou simplement… elle prétend que ça lui a coûté des mois de psychothérapie. »

Margot a de nouveau ri, plus méchamment – de qui, je ne sais pas exactement.

« J'aimerais que tu restes discrète là-dessus. Enfin, n'en parle à personne, quoi. Même pas à Todd.

– Mais non, a-t-elle dit. Ne t'en fais pas. »

M.

Je n'ai pas raconté à grand monde la fois où il a voulu me mettre la main entre les jambes. Si je le faisais, je présentais ça comme une histoire drôle et la plupart des gens riaient. Mais un jour, quelqu'un, je ne me souviens plus qui, m'a dit : « Comment peux-tu avoir envie d'être amie avec un type comme ça ? » Et j'ai répondu quelque chose du genre : « Disons qu'il s'est montré très persévérant, et il peut être très drôle. » Ce qui était vrai. Mais ce n'est pas la raison pour laquelle j'en suis venue à l'aimer comme un ami.

Pendant des mois, cette amitié a été presque exclusivement à sens unique, elle reposait sur de courts e-mails au ton léger de sa part, des invitations professionnelles et des coups de fil pour « prendre des nouvelles ». Je n'ai pris aucune initiative jusqu'à environ trois mois après notre premier dîner, et cette fois-là ma sollicitation n'avait rien de léger. Mon petit ami m'avait quittée pour une gamine de vingt ans, ma cheffe s'était fait virer pour avoir publié des mémoires qu'elle savait être une imposture, mon immeuble était en train de passer en copropriété et je n'avais pas les moyens d'acheter. J'essayais de me rendre chez ma psy quand le métro a émis une plainte entrecoupée, s'est arrêté, a été plongé dans le noir puis gagné par la chaleur, avant de sembler rendre l'âme pour de bon. Tous les gens à bord étaient pris au piège, à tousser, remuer et grommeler dans l'obscurité suffocante pendant près d'une demi-heure, puis l'engin a repris assez de forces pour se traîner jusqu'à la station suivante, où l'on nous a libérés pour que nous puissions nous ruer dans les escaliers et nous battre pour des taxis. J'ai perdu ce combat, et cette défaite a été la goutte d'eau. J'ai appelé ma psy pour annuler, puis une amie qui, incrédule en m'entendant sangloter au téléphone à cause d'une séance de psy ratée pendant mes heures de travail, a répondu « Je suis occupée ! » avant de raccrocher.

Tout cela était stressant, mais sûrement pas assez pour expliquer ce que je ressentais – comme si une trappe venait de s'ouvrir sous mes pieds, me plongeant dans un chaos brûlant où tout ce à quoi je m'agrippais cédait sous mes doigts, tandis que je me transformais au fil de ma chute en une chose décérébrée, un réceptacle d'effroi et de douleur. Terrifiée par la vision de tous ces gens qui se mouvaient autour de moi avec énergie et détermination, je me suis assise au pied d'un bâtiment sur le trottoir et j'ai appuyé ma tête contre le mur le plus proche. Je suis restée ainsi quelques minutes, à attendre que mon rythme cardiaque ralentisse, et c'est à ce moment-là que j'ai pensé à Quin. Je ne sais pas pourquoi. Mais une fois mon cœur suffisamment calmé, je l'ai appelé. Il a décroché rapidement et sur un ton enjoué. Je ne me souviens pas de tous les détails de la conversation, seulement que j'ai dit que j'étais malade et bonne à rien et que « tout le monde » le savait.

« C'est qui tout le monde ? a demandé Quin.

– Des gens, c'est tout, ai-je répondu. Des gens que je connais.

– Comment tu sais qu'ils pensent ça ? Ils te l'ont dit ?

– Non, ai-je répondu. Ils ne me l'ont pas dit. Mais je le vois bien. C'est évident. »

Quand Quin a repris la parole, ç'a été avec une sensibilité surprenante : « Je ne sais pas qui sont ces gens, ni pourquoi tu te soucies de leur opinion. Mais tu es tout sauf malade ou bonne à rien. Tu es un être adorable. » Et d'un coup, comme ça, j'ai arrêté de tomber. Le monde et tous les gens qui le traversaient à toute allure sont redevenus identifiables. J'en étais muette de gratitude. « Ne t'embête pas à prendre le métro, a-t-il dit. Prends un taxi pour mon bureau. Je t'attendrai en bas. On ira boire un thé. » Et c'est ce qu'on a fait. On ne s'est pas touchés, on n'a pas parlé de sexe. On a pris un thé et il m'a écoutée les yeux dans les yeux, le regard tendre et attentionné.

Q.

Si les gens voyaient les e-mails que mes accusatrices et moi avons échangés, je crois qu'ils seraient très surpris. Ma femme ne cesse de répéter à quel point j'ai été « stupide » d'envoyer des e-mails personnels un tant soit peu équivoques depuis un compte professionnel. Elle n'envoie jamais *aucun* message personnel depuis le serveur de son travail, aussi parfaitement platonique soit-il. Pourtant, même si j'essaie rarement de discuter quand elle est sur ce genre de lancée, je suis persuadé que ces e-mails sont ma meilleure défense, y compris quand ils sont un tout petit peu suggestifs. Parce qu'ils montrent une réciprocité, du plaisir, et même de la gratitude… de l'amitié.

Caitlin Robison a été mon amie pendant onze ans.

Certes, elle a été, pendant un temps, une employée. Elle a même été, dans une certaine mesure, une protégée. Mais en définitive, elle était avant tout une amie. Elle est venue à des soirées chez moi. Elle a rencontré ma femme et mon enfant.

Quand Caitlin Robison est venue travailler chez nous, elle avait vingt-quatre ans, une jeune femme ordinaire, austère, avec une coupe tristounette (blond terne) et un style asexué sur lequel j'adorais la chambrer. Je sentais bien que ces taquineries l'irritaient, mais elle était bonne pâte, et je l'aimais bien pour ça. Ce qu'elle devait savoir, parce que au bout de quelques mois elle me rendait mes taquineries, en me traitant de « folle refoulée », de « précieux » et de « chaton »… la coquine ! Elle faisait montre d'un cran surprenant, et quand elle balançait un de ses mignons petits mots d'esprit par-dessus son épaule, son cul anguleux paraissait un peu plus rebondi.

Et elle savait que j'avais raison. Quand elle a enfin décidé de faire quelque chose pour ses cheveux, elle m'a demandé : « Alors, qu'est-ce qui serait joli selon toi ? » Elle l'a dit sur un ton moqueur, mais je voyais bien que c'était une question sérieuse, alors j'y ai répondu. Elle a suivi ma suggestion, et je lui aurais mis au moins trois points de plus pour l'apparence. Raison pour laquelle, probablement, quand je lui ai proposé de l'accompagner pour une virée shopping, elle a accepté avec beaucoup d'enthousiasme.

Nous ne sommes pas allés dans des endroits chers, son salaire d'assistante ne le lui permettait pas, et de toute façon, je préfère le charme des chaînes bon marché, même pour moi parfois. Je suis toujours à l'affût des bonnes affaires, et j'ai découvert qu'elle aussi. Une fois sortie du bureau, alors qu'elle farfouillait sur les portants de soldes et dans les paniers de promos, elle s'illuminait de l'intérieur, je sentais la machine se mettre en marche. Elle était ambitieuse, cette fille, vaniteuse et si terre à terre qu'il y avait quelque chose de sordide là-dedans : c'est ce côté sordide qui faisait son sex-appeal. « Ça donne quoi ? » n'arrêtait-elle pas de demander, à propos d'un tee-shirt moulant ou d'une jupe crayon, et je répondais : « Retourne-toi, fais-moi voir. » Le plus amusant, c'était son regard alors qu'elle scrutait ma réaction et en tirait la leçon, et aussi les opinions qu'elle s'est mise à exprimer. C'était il y a des années, donc je ne prétends pas me les rappeler précisément (sauf qu'elle adorait les vieux épisodes d'*Ally McBeal*, et était capable d'en citer des répliques particulièrement érotiques), mais je me souviens de leur saveur. Elle m'a parlé du type avec qui elle sortait. Je lui ai raconté comment j'avais fait la cour à Carolina, notre mariage. Plus tard, je lui ai envoyé un e-mail qui disait : « Toi plus moi égale élixir magique ! » Et elle a répondu : « Quel délice ! »

M.

Quin et moi avons instauré un drôle de rituel. J'ai un petit peu peur de l'avion, et il y a eu toute une période de ma vie où ça me faisait carrément paniquer. C'est à cette époque que je me suis mise à appeler Quin chaque fois que je montais dans un avion. Je lui demandais s'il pensait que ce vol se passerait bien, et il répondait : « Attends, je me synchronise. » Il y avait une pause, parfois prolongée. Et puis il disait : « Tout ira bien, Margot ! » ou « Je pense que ça va aller. » Quand je ne parvenais pas à le joindre, je laissais un message sur son répondeur, et il me rappelait presque toujours avant le décollage. Les rares fois où ce n'était pas le cas, je trouvais à l'atterrissage un message vocal rassurant : « Tu ne crains rien, ma belle. Appelle-moi quand tu atterris. » Une fois, ne parvenant pas à l'avoir, j'ai appelé Todd – l'homme que j'ai épousé – à la place. Quin était indigné. « Tu l'as appelé, *lui* ? Il ne connaît rien aux avions ! »

C'est ce qui lui plaisait le plus : donner des conseils sur les trucs bizarres et insignifiants qui vous tiennent curieusement à cœur, et parfois appuyer douloureusement dessus. Je pouvais l'appeler à n'importe quelle heure, et dans la mesure du possible, il abandonnait ce qu'il était en train de faire pour me prodiguer ses conseils : fallait-il ou non soulever un sujet qui me turlupinait auprès d'une amie, me maquiller de telle ou telle manière pour telle ou telle soirée, interpréter comme une infidélité l'une des relations amicales de mon mari. Ces conversations ne duraient jamais longtemps, parce que les conseils de Quin étaient instantanés, pleins d'assurance et d'une philosophie plutôt simple.

Je n'étais pas la seule à entretenir ce genre de relation avec lui. Je le retrouvais au restaurant, et il achevait une conversation téléphonique avec une femme qui se lamentait parce que son mari l'avait trompée. Je l'accompagnais au théâtre, et il me parlait des textos d'une fille qui voulait son avis sur un truc qu'avait dit le type avec qui elle sortait. Je passais à son bureau et le trouvais au milieu d'une foule de nanas, dont l'une sanglotait en s'écriant : « Oh, Quin, je me sens tellement humiliée ! » Et, devant tout le monde, il lui donnait des conseils. Quant à la nature exacte de ces conseils, je ne m'en souviens pas. Mais ce dont je me souviens, c'est de ces sanglots exposés à la vue de tous, de la placidité des autres femmes, de la voix puissante de Quin, du soleil qui inondait la pièce, comme si c'était un sanctuaire où l'on pouvait exprimer et remédier à n'importe quel sentiment.

Avant que tout ne tourne au vinaigre, quand j'étais fâchée contre Quin, je repensais parfois à ce moment et me remémorais cette atmosphère de confidence et d'émotion décomplexée, baignée de soleil. Je me souvenais aussi de nos conversations étrangement divertissantes sur le sexe, quand il essayait de m'arracher des détails sur ce que j'avais fait ou que j'aimais faire : généralement je m'y refusais, mais parfois, pour une raison ou une autre, je cédais. Par exemple, lors d'un long trajet ennuyeux en train, il m'a demandé si, pendant le sexe oral, j'accordais de l'importance à qui jouissait en premier, et pourquoi. Ce qui a donné lieu à un échange plus long que ce qu'on aurait pu croire, et même si je faisais attention à mon vocabulaire, une vieille femme à la mise négligée s'est retournée sur son siège et m'a adressé un large sourire pendant que je parlais. Je me rappelais notre discussion au téléphone avant une soirée dans son luxueux appartement de Central Park, où j'allais rencontrer pour la première fois sa fashionista de femme et leurs amis fortunés. Je ne savais pas quoi me mettre, et il m'a dit : « Choisis ce que tu veux, ce sera forcément parfait. Tu es invitée chez quelqu'un qui t'aime. » Je me souvenais d'une fois où il m'a parlé de sa fille Lucia qui, à l'âge de six ans, faisait des dessins incroyables de maturité et écrivait des poèmes par lesquelles elle se distinguait, même dans l'école pour surdoués où elle était inscrite. Nous étions dans un taxi, et en pleine conversation, il m'a demandé s'il pouvait poser la tête sur mes genoux. J'ai dit : « OK », et il l'a fait. « Il n'y a pas beaucoup de gens en qui j'ai suffisamment confiance pour faire ce genre de truc », a-t-il dit. Ce n'était pas sexuel. Je ne lui ai pas caressé la tête ni rien. Il est juste resté allongé en travers de la banquette, la nuque sur ma cuisse, et il a récité des extraits des poèmes de sa petite. C'était sympa.

Il y a eu beaucoup de moments comme celui-là, sans parler du soutien professionnel et psychologique qu'il était toujours prêt à apporter, à moi et même à Carter, mon neveu de douze ans privé de père et dépressif qui venait d'Albany. Pendant un séjour particulièrement démoralisant du gamin – j'étais célibataire à l'époque, et je ne savais que faire d'un garçon en colère de douze ans –, Quin a débarqué sans prévenir et réquisitionné le garçon pour une visite bien inspirée de la collection Armes et Armures du Metropolitan Museum, avec un détour par une salle de jeux d'arcade. « Il est cool », m'a dit Carter.

En me rappelant tout ça, je me demandais : *Pourquoi suis-je autant en colère ?*

Ça c'était avant. Quand tout a tourné au vinaigre, j'ai repensé à ce jour où son bureau avait pris des allures de sanctuaire, et j'ai réfléchi : plus de la moitié des femmes qui étaient là avaient signé la pétition en ligne qui n'en finissait pas de circuler, donné des interviews, exigé le renvoi de Quin, demandé des dommages et intérêts, menacé de boycotter toute entreprise qui oserait l'embaucher. Elles aussi, elles étaient en colère.

Q.

C'est vrai que j'aime bien fanfaronner et que j'aime bien taquiner. Et Margot, malgré sa conception très libre de la sexualité, est parfois un peu à cheval sur la morale. Je me souviens de l'avoir asticotée en lui racontant que j'avais convaincu une femme que je venais à peine de rencontrer, pendant une escale à Houston, de me révéler ce à quoi elle pensait quand elle se faisait jouir. Un silence amusant a émané du téléphone, et puis : « Elle ne t'a pas cassé la gueule ?

– Non, ai-je répondu gaiement. J'étais très courtois. J'ai amené le sujet en douceur. Je m'apprêtais à prendre mon vol, on avait eu une discussion sympa, elle m'avait raconté plein de choses sur elle. C'était juste une rencontre sans lendemain, tu vois, on ne se reverra jamais, alors…

– Je ne comprends toujours pas pourquoi elle ne t'en a pas collé une.

– Je peux te le dire. C'était une grande femme, immense. Mariée à un joueur de foot professionnel – elle me l'avait dit. Je fais une bonne tête de moins qu'elle, je suis maigre comme une sauterelle, un vrai freluquet. Je ne suis en aucun cas une menace pour elle. »

Margot était silencieuse ; je sentais que son sens tout personnel de la morale était offensé par ma provocation ridicule. Je sentais aussi qu'elle était curieuse.

« Et il y a beaucoup de gens, parmi ceux qui sont honnêtes, qui ont vraiment envie de répondre à ce genre de questions. Il suffit de bien les tourner.

– Et donc elle te l'a dit ?

– Oui. Elle me l'a dit. »

Caitlin aussi était taquine, ça faisait partie de ce qui nous rapprochait. Je préfère ne pas parler de moi ; en général, ce n'est pas nécessaire. La plupart des gens meurent d'envie qu'on leur pose des questions pertinentes, et d'avoir l'occasion de découvrir leurs propres idées. C'est particulièrement vrai pour les jeunes femmes, qui sont censées écouter attentivement une succession interminable d'hommes ennuyeux et égocentriques. Caitlin était différente. Où est-ce que c'était déjà ? À la soirée de lancement d'un livre, dans un club ou une galerie choisie pour évoquer un glamour pourtant rare, voire tout à fait inexistant dans l'édition – cette fois où elle a porté un verre contenant un truc rose à sa bouche teintée de mauve et lancé : « Tu ne dis jamais rien sur toi. Tu esquives.

– C'est faux, ai-je répondu. Je suis un livre ouvert.

– Ouais, tu parles, a-t-elle souri.

– Demande-moi ce que tu veux ! »

Mes souvenirs se brouillent à ce moment-là, vraisemblablement à cause des amuse-bouches proposés par l'un de ces beaux serveurs engagés pour l'occasion, qui traînent partout leur dignité meurtrie. Peut-être qu'elle a mis tellement temps à ne rien choisir que j'ai pensé qu'elle avait laissé tomber. Mais alors elle a repris la parole, sérieuse : « Comment mieux te connaître ? »

Ça m'a vraiment surpris et j'ai répondu sans réfléchir : « Comment font les femmes pour connaître les hommes ? »

Elle a eu l'air tellement perplexe que je n'ai attendu qu'un quart de seconde pour répondre à sa place : « Flirte un peu plus avec moi. »

Son visage s'est figé brutalement. Et puis des gens nous ont interrompus, et notre conversation s'est achevée sur son expression magnifiquement bloquée sur pause. C'est plus tard ce soir-là, ou à l'issue d'un « événement » quasi identique, que nous avons partagé un taxi et que je l'ai interrogée : « Le sexe est au cœur de la personnalité, tu n'es pas d'accord ?

– Je ne sais pas, a-t-elle répondu. Les gens sont compliqués. »

C'est une des raisons pour lesquelles je préférais Margot. Elle était l'une des rares personnes à répondre oui sans hésiter à cette question. Tout comme Sharona, avec une approche totalement différente. Mais Sharona était différente en tout point.

M.

La première fois que j'en ai consciemment voulu à Quin, c'était pour une telle broutille que j'ai eu l'impression d'être dingue. Nous étions attablés lors d'un dîner ; entre deux bribes de conversation, il envoyait des conseils par textos à une fille qui était contrariée parce que le type avec qui elle sortait avait envie de voir d'autres femmes. « Tu crois qu'elle devrait lui accorder sa liberté ou dire non, interdit ? » m'a-t-il demandé. J'ai répondu que je ne savais pas, que je ne la connaissais pas.

« Je lui ai dit que je demandais à Margot Berland, l'éditrice d'*Apprivoisez la garce qui est en vous*. Elle adore ce bouquin !

– Je ne la connais pas », ai-je répété.

Des plats ont circulé ; des conversations ont été initiées. Quin a répondu à la question de quelqu'un en face de nous, puis a de nouveau baissé les yeux sur son téléphone avant de me relancer en aparté. « Mais tu n'as pas besoin de la connaître… c'est une question évidente ! Ton copain a envie de voir d'autres gens…

– Au bout de combien de temps ?

– Ça fait quelques semaines.

– *Des semaines* ? Je le larguerais.

– OK, je lui écris que "Margot Berland dit…"

– Non, ne fais pas ça !

– Pourquoi pas ? Ça compterait beaucoup pour elle que tu…

– C'est sa vie… elle devrait régler ça toute seule ! »

Quin a rangé son téléphone dans sa poche.

« Trop tard, je lui ai dit. »

Je suis restée là, inexplicablement furieuse. Inexplicablement parce que je m'étais amusée et que j'avais vu d'autres personnes s'amuser de ces « micro-agressions » – quel mot ridicule, et pourtant si juste ! – depuis le jour où j'avais rencontré Quin.

Et tellement de gens s'en étaient amusés, pas seulement dans le monde de l'édition. Il organisait de grandes fêtes deux ou trois fois par an, des soirées joyeuses et grisantes, qui mêlaient des gens du monde de l'art, du cinéma, de la mode, de la critique, de la littérature, de la médecine, et plus rarement, des politiciens locaux. Il lui arrivait d'inviter une belle femme rencontrée dans la rue le jour même – le genre de fille éblouie et éblouissante, à peine sortie de l'adolescence, originaire d'Europe de l'Est ou d'Éthiopie, qui parlait à peine anglais mais était certaine, allez savoir pourquoi, que ce drôle de grand escogriffe méritait qu'elle lui consacre du temps –, et elle venait bel et bien. On ne savait jamais à côté de qui on allait se retrouver – un jeune loup séduisant à la tête d'un consortium pharmaceutique douteux, une artiste décatie et dans la dèche, une élégante femme de lettres islandaise – ni ce qu'il ou elle dirait. Il y avait une habituée, une jeune femme qui écrivait pour un magazine d'art sur Internet. Quin l'avait apparemment invitée après qu'elle lui avait asséné une paire de claques avec une tapette à mouches, qu'elle gardait sur elle dans un but précis – gifler les hommes qui l'irritaient. La première fois qu'elle s'était présentée chez eux, la femme de Quin, Carolina, l'avait accueillie chaleureusement : « Oh, mademoiselle Tapette, ravie de vous rencontrer. J'ai tellement entendu parler de vous ! » Et bien évidemment, la dame avait apporté sa tapette à mouches ; pendant toute la soirée, elle n'avait cessé de gifler Quin sous son propre toit, pour le plus grand plaisir de ce dernier qui se baladait avec ses joues rouges et son air béat.

Mais Carolina n'était pas toujours aussi accommodante ni aussi disposée à s'amuser des curieux rapports que son mari entretenait avec les femmes. Peut-être qu'elle ne l'a jamais été. Je l'ai rencontrée peu de temps après ses fiançailles avec Quin, quand Todd et moi avons dîné avec eux. Elle dégageait un charisme étonnant : elle était rédactrice adjointe d'un magazine de mode, avait presque vingt ans de moins que Quin, et je ne m'attendais pas à être impressionnée, si ce n'était par sa beauté. Elle était belle, bien sûr, et d'une grande élégance. Elle était à moitié coréenne et à moitié argentine, aristocrate des deux côtés. Sa famille possédait des terres dans la région de Buenos Aires. Son allure était magnétique, tout en dégageant un calme profond. Elle avait une façon d'incliner la tête qui mettait en valeur la pureté de ses traits, et la vivacité franche et passionnée de ses yeux allongés accentuait leur forme inhabituelle (une larme recourbée vers le haut). Elle n'a pas dit grand-chose au dîner, mais a écouté avec ferveur, bien droite, comme si son corps était une antenne, et on aurait dit que ses yeux retroussés et ses oreilles étaient connectés, fonctionnant comme un seul et même organe. C'était une présence qu'on prenait au sérieux, même si elle parlait rarement, même si elle n'avait que vingt-sept ans.

Malgré cette impression, quand les fiançailles ont laissé place au mariage, Carolina est rapidement passée à l'arrière-plan pour moi, même quand elle a fait de Quin un père. (Un événement qui l'a rendu fou de joie, et dont chaque étape l'a enchanté : les montées de lait, la tendresse nouvelle et naturelle de sa femme. « Avant, je n'étais pas tellement focalisé sur les seins, m'a-t-il dit lors d'un déjeuner en babillant littéralement, mais maintenant je les vois partout, je les adore, je les célèbre, et tout particulièrement les siens ! ») Je la voyais de temps à autre aux soirées ou à des lectures, parfois avec sa petite Lucia, qui était plus que saisissante, avec les cheveux noir de jais de sa mère et des yeux immenses de manga qui semblaient contempler un autre monde, un monde meilleur. Carolina et moi avons toujours eu des relations cordiales. Pourtant, elle m'a surprise un soir lors d'un dîner plus décontracté que d'habitude que je partageais avec elle, Quin et Lucia. La petite avait alors cinq ans, et d'un seul coup elle s'est violemment énervée contre son père, au point de piquer une crise, et même de frapper Quin avec ses minuscules poings. « Elle est épuisée », a expliqué ce dernier, et puisqu'ils habitaient tout près, il a décidé de la ramener. Comme je m'interrogeais sur ce qui avait pu contrarier la fillette, Carolina a haussé les épaules.

« C'est une fille, a-t-elle répondu. Je crois que ça ne l'amuse pas plus que moi de voir son père flirter avec toutes les femmes qu'il croise. Tu n'as pas remarqué son attitude avec la serveuse ? » Elle approchait alors de la quarantaine, et son air vif et passionné s'était émoussé, son maintien n'était plus si droit. Mais elle était toujours d'une beauté magnétique.

« Juste pour information, il ne s'est jamais rien passé de ce genre entre Quin et moi, ai-je dit. C'est un bon ami. Mais aucune histoire de drague. Rien à voir. »

Et, avec une simplicité et une sincérité qui m'ont laissée stupéfaite, elle m'a répondu : « Merci, Margot. »

Son mari avait réussi à rendre cette femme sublime, la mère de son enfant, jalouse d'une bonne femme de plus de cinquante ans.

Mais ça n'aurait pas dû me surprendre. Quin se montrait parfois séducteur avec des femmes plus âgées que moi. Nous sommes allés un jour à un cocktail donné par une dame chaleureuse et soucieuse de sa forme qui arborait de superbes rides profondes, des cheveux gris ébouriffés et un rouge à lèvres écarlate plein d'assurance. Elle a accueilli Quin par une embrassade presque intime et lui a tenu les mains tandis qu'ils échangeaient des banalités sur le ton de la confidence. Ils se sont séparés et, pendant que nous nous dirigions vers les boissons, il m'a fait un bref résumé de sa vie : journaliste, femme de diplomate, mère, bénévole pour l'environnement. Nous sirotions nos verres depuis quelques minutes quand il m'a dit que cette femme et son mari couchaient encore ensemble, mais seulement quand le mari faisait semblant de s'introduire dans l'appartement par effraction et de la violer, tandis qu'elle s'efforçait vigoureusement de repousser ses assauts avec ses cuisses et ses muscles de dame.

« J'imagine qu'elle pourrait presque y arriver, a-t-il dit. C'est une nana solide, et une acharnée du yoga !

– Ça t'a excité d'entendre ça ? ai-je demandé.

– Non, pas spécialement. » Son ton était sec, presque clinique. « Mais ça m'intéresse. Ça m'aide à la comprendre. En sachant ça, j'ai l'impression d'être davantage capable de l'aider dans son mariage. Ils ont des problèmes, depuis quelque temps. »

Il a dit ça le plus sérieusement du monde.

Q.

Sharona était une fille qui sortait tout droit des années cinquante. Elle s'habillait même dans ce style, sans que ce soit calculé. Je ne l'ai jamais vue en pantalon : elle portait exclusivement des jupes et des robes, à la coupe sage mais avec des escarpins et des bottines à talons hauts qui leur donnaient une touche sexy. Ses cheveux et ses ongles étaient impeccables. Elle avait un visage en forme de cœur et de grands yeux sombres avec une expression secrète qui ne demandait qu'à être révélée – il y avait quelque chose d'intense, une soif dans son regard. Ce n'était pas une véritable beauté, mais elle avait un rire magnifique et même une moue magnifique. Pour elle, le sexe était indiscutablement au cœur de tout, c'est pourquoi elle refusait d'en parler ou de l'évoquer par sa présence : pour elle, ce cœur était « sacré ». Elle a utilisé ce mot lors d'une conversation dans une librairie, après une lecture. Je l'avais interrogée sur son petit ami – la question la plus innocente en premier –, mais là où la plupart des filles commençaient à me faire confiance ou à essayer de m'impressionner, elle m'a regardé avec un air de léger reproche et m'a dit d'un ton ferme : « C'est déplacé. » Pourtant, la douce franchise de son regard et de sa voix était plus intime que ma question. Je lui ai demandé si elle était croyante et elle a ri avant de répondre que non. Je lui ai demandé si elle priait. Son expression s'est altérée, se faisant plus profonde. « Oui, a-t-elle répondu, je prie. » Je lui ai dit que je priais tous les jours. « Quand j'ai envie de connaître vraiment quelqu'un, c'est l'une de mes premières questions : est-ce que vous priez ?

– Vous voulez vraiment me connaître, moi ? Vous venez de me rencontrer.

– Je préfère savoir à qui je m'adresse, oui. »

Nous avons évoqué l'écrivain qui avait lu son œuvre – un poseur, jugeait-elle. J'ai exprimé mon désaccord sans trop insister. Je lui ai demandé s'il y avait quelqu'un qu'elle avait envie de rencontrer ici. Elle a répondu : « Pas spécialement. »

Elle a accepté mon invitation à déjeuner, cette fois-là et de nombreuses autres par la suite. Elle aimait parler de livres. Ça lui faisait plaisir que j'apprécie son esprit, ce qui était sincère de ma part ; elle avait le don de percevoir les choses, avec délicatesse et subtilité. Elle occupait un poste ennuyeux d'assistante dans un magazine d'art qui publiait des critiques de livres (je connaissais son patron, un type désagréable), et je sentais le plaisir qu'elle trouvait à pouvoir exercer son intellect. Sans ostentation, mais tranquillement, et résolument. Et elle se rendait compte, j'en suis certain, que j'étais une personne intéressante à fréquenter.

Caitlin et moi étions amis depuis un moment à cette époque, mais notre relation butait par intermittence sur les difficultés et les chamailleries – les vacheries, même. Elle était amoureuse d'un homme qui semblait la mépriser : de toute évidence elle se berçait d'illusions, et je l'encourageais à laisser tomber cette idylle. Quand elle défendait le bien-fondé de ses sentiments, je lui répondais que si c'était vraiment de l'amour, elle devait prier pour savoir ce qui était bon pour eux deux, et puis agir en conséquence. Chaque fois que je la voyais, je lui rappelais de prier à ce sujet.

L'issue était prévisible – un sinistre désastre, comme toujours. Elle semblait m'en tenir responsable. Je ne vois qu'une seule raison à cela : j'avais été le témoin de son humiliation au ralenti. Même quand elle s'est trouvé un nouveau petit ami, l'amertume de ce rejet lui est restée en travers de la gorge et l'a poussée à se comporter bizarrement en ma présence. Elle a inventé un petit jeu : si je devais porter un badge annonçant en un seul mot qui j'étais, qu'est-ce que ce serait ? *Flâneur* ? Voyeur ? Vicelard ?* La sévérité du terme qu'elle choisissait variait selon les jours, tout comme les « badges » que je choisissais pour elle : *Narcissique. Opportuniste. Pleurnicharde.* Je me souviens qu'elle souriait comme si elle était soûle pendant ces échanges, et même si je ne l'étais jamais, tout ce qu'on se balançait à la figure procurait effectivement une sensation d'ivresse.

Enfin bref, nous continuions à déjeuner et à nous confier l'un à l'autre. Elle acceptait mes conseils

* Les mots et expressions en italique suivis d'un astérisque sont en français dans le texte.

professionnels (je lui étais d'une aide précieuse), et elle, à son heure, m'en a donné au sujet de Sharona. J'ai fini par l'aider à trouver un poste en or auprès d'une agence littéraire. Lors de son dernier jour au bureau, elle a voulu savoir si je l'inviterais toujours à mes fêtes. « Tant que tu flirteras avec moi, ma belle », ai-je répondu. Et nous avons effectivement continué à flirter, même si c'était surtout par e-mails. Nous déjeunions de temps en temps. Mais je ne l'ai jamais plus invitée à une fête. Il y en avait d'autres qui remplissaient mieux la place qu'elle avait occupée.

M.

Il y a tellement d'histoires à la fois drôles et sordides que j'ai du mal à m'arrêter. La fille de dix-neuf ans qui lui envoyait un texto chaque fois que : a) elle allait chier b) elle couchait avec son petit copain. La fille qui lui envoyait des textos pour décrire ses fantasmes chaque fois qu'elle se masturbait (« OK, là j'ai du mal à taper sur le clavier parce que j'ai les mains qui tremblent… »). La fois où nous avons assisté à une lecture d'une jeune écrivaine, et où Quin, au moment de lui être présenté, lui a collé sa main sous le nez en disant : « Mords-moi le pouce. » Sans ciller, la jeune femme l'a regardé avec dégoût et lui a tourné le dos. « Mais pourquoi est-ce que t'as fait ça ? » ai-je demandé. Il ne s'est pas démonté. « Elle est mignonne. Mais elle n'est pas joueuse », a-t-il dit en haussant les épaules.

Grotesque, mais en même temps ça allait de pair avec une joie de vivre si particulière, si savoureuse. Une fois, alors que mon mari et moi avions le cafard, nous avons fait le constat qu'au bout du compte tous les gens que nous connaissions avaient l'air malheureux, ou du moins insatisfaits.

« À part Quin », ai-je dit. « À part lui », a approuvé Todd. Et faisant sa tête de Quin-le-pervers, il a cité Shakespeare : « Où suce l'abeille, je suce, moi ! » Nous avons ri, et puis nous sommes restés là, à songer au bonheur anormal de Quin.

Et pourquoi n'aurait-il pas été heureux ? Il avait une femme superbe et une enfant exceptionnelle, et c'était un excellent éditeur qui avait publié certains des meilleurs écrivains du moment. C'étaient surtout des auteurs intellectuels de niche plutôt que des poids lourds, mais la qualité était indéniable et quelques-uns pouvaient compter sur un public de fidèles. La plupart d'entre eux étaient des écrivains en qui aucun autre éditeur n'avait cru au départ. Quin croyait, lui, avec passion, et même avec un sens moral : « Elle milite pour le bien », disait-il parfois, ou : « Il milite pour la sexualité », ou encore : « Il milite pour la vérité. » (Curieusement, Quin se souciait de la morale. Il analysait et critiquait les gens selon leurs traits de caractère en la matière ; « égocentrique » était l'une des accusations les plus sévères qu'il pouvait porter – plutôt ironique, vu la manière dont il encourageait les gens à parler d'eux-mêmes.) Quin accueillait ces militants, leur versait toujours des avances totalement disproportionnées, et exultait quand ils rencontraient le succès. Ce qui se produisait assez souvent pour que même des écrivains en qui tout le monde croyait, c'est-à-dire sur qui tout le monde misait, finissent par l'approcher également, sans qu'il ait besoin de faire beaucoup d'efforts pour les faire signer.

Je me souviens de l'avoir accompagné à une soirée de lancement pour l'un d'entre eux, un jeune homme noir (« Il milite pour la justice avec humour et avec style ! ») que Quin destinait à la célébrité. La fête avait lieu dans une galerie d'art exposant les tableaux d'une artiste qui peignait des imitations de vénérables chefs-d'œuvre, en remplaçant les personnages blancs des versions originales par des stars de couleur. J'ai retrouvé Quin à son bureau. Je portais une jupe et des talons hauts, et j'avais un cabas et un petit sac à main. Il a insisté pour que je le laisse porter le cabas, parce que, même si j'allais le déposer au vestiaire dès l'entrée, il trouvait que ça gâchait mon look – en plus ça lui ferait plaisir d'être « à mon service ». J'ai accepté, et puis il a ajouté qu'il trouvait que je devrais aussi me passer du sac à main, parce que, même s'il était petit et très joli, il me donnait l'air moins libre. « Mais j'en ai besoin, ai-je objecté. J'ai mon portefeuille et mon rouge à lèvres là-dedans.

– Alors laisse-moi te les porter. Ici, a-t-il précisé en désignant une poche intérieure de sa veste. »

J'ai hésité.

« Tu es pétillante ce soir. Mais ce sac à main t'enlève quelque chose. Ça te donne une allure plus conventionnelle, moins exquise. J'ai envie de te voir arpenter cette salle enveloppée d'une aura de liberté. »

J'ai répondu, en souriant : « Mais si je te donne mon portefeuille je ne suis pas libre. Parce que c'est toi qui as mon portefeuille. »

Il avait raison, pourtant. J'aurais eu l'air et je me serais sentie plus libre sans le sac à main. Surtout au moment de danser ; il y avait un bon DJ, et on a dansé pendant des heures.

Q.

Quand Caitlin est partie, une fille nommée Hortense a pris sa place de quasi-secrétaire. Caitlin l'avait recommandée, en fait. Je ne me souviens plus du lien exact, mais elles se connaissaient d'une façon ou d'une autre. Honnêtement, je préférais Hortense : elle était plus sûre d'elle, moins ambitieuse, plus jolie, une créature plus raffinée, tout simplement (de grands yeux bleu foncé, une petite bouche charnue, un cou gracieux, des cheveux bouclés, une voix mélodieuse). J'imagine que c'est par habitude que j'ai trouvé le moyen de nous embarquer de temps à autre en virée shopping ; et peut-être parce que Hortense était merveilleusement jolie, j'étais attiré par des magasins un peu plus haut de gamme. Lors de notre dernière expédition de ce genre, elle a essayé un tee-shirt et m'a laissé entrer dans l'espace d'essayage pour voir ce que ça donnait sur elle.

Et elle était là, jeune, débordante de confiance en son charme, rayonnante sous le luxueux éclairage. Le tee-shirt lui allait parfaitement, et c'est ce que j'ai voulu dire. Au lieu de ça, à travers le tissu et le soutien-gorge, je lui ai touché le sein, décrivant un cercle autour de sa pointe avec mon doigt. Aucun de nous deux n'a prononcé un mot. Je ne me souviens pas de l'expression sur son visage, juste du mouvement de mon doigt et de son téton qui réagissait, durcissait. Élixir magique. Quel délice.

Le moment a duré quelques secondes, et puis je lui ai acheté le tee-shirt et nous avons poursuivi notre après-midi. Mais notre relation a légèrement basculé, devenant plus intime, moins un flirt et davantage une véritable et tendre amitié. Par un accord tacite, nous ne sommes pas retournés faire du shopping, et je ne l'ai plus jamais vraiment touchée de cette manière-là. Mais au déjeuner, parfois, ou même dans mon bureau, nous nous tenions la main en discutant. J'aimais beaucoup ça.

Ce n'était probablement pas très malin de ma part de raconter cet incident à Sharona, mais à l'époque je ne réfléchissais pas comme ça. Je voulais la bousculer ; je voulais qu'elle comprenne. Nous parlions du mot « sacré », de ce qu'il signifiait à ses yeux. Pour elle, ça désignait quelque chose au-delà des mots. Quelque chose au-delà de la vie de tous les jours, mais qui s'exprimait à travers celle-ci. J'ai approuvé. Et puis je lui ai raconté ce qui s'était passé entre Hortense et moi. J'ai dit que, dans une modeste mesure, ce moment avait été sacré pour moi.

Son visage s'est totalement figé, elle a écarquillé les yeux. Elle m'a demandé ce que faisait Hortense à la maison d'édition. Quel âge elle avait. Est-ce qu'elle allait continuer à travailler là ? Et, enfin : « Pourquoi est-ce que ça, c'était sacré pour toi ?

– Je ne sais pas exactement. Comme tu l'as dit, c'est au-delà des mots. Mais je l'ai ressenti. Un émerveillement face à sa beauté, au fait d'être en vie. Et que cette chose étrange puisse se produire. Aller jusqu'à la dernière limite de ce qui est acceptable, et ne pas la franchir.

– Qu'est-ce que tu crois qu'elle a ressenti ?

– Peut-être un peu la même chose. Pas tout à fait du plaisir. Mais un assentiment. Elle comprenait mon besoin. »

Je lui ai dit que je ne pensais pas que ça se reproduirait, et que c'était en partie ce qui rendait le moment si spécial. Je lui ai demandé si elle comprenait ça.

Elle a mis du temps à répondre, mais elle a fini par dire : « J'imagine que oui. Mais j'espère que tu es conscient que je n'accepterais jamais que tu me touches de cette manière.

– Jamais, ai-je dit, en toute honnêteté. Jamais je ne te toucherais de cette manière. » J'ai tendu la main par-dessus la table pour prendre la sienne. Nous sommes restés comme ça un moment, sa main prisonnière se relâchant peu à peu. Je l'ai retournée, et j'ai résisté à l'envie de l'embrasser. L'addition est arrivée. C'était une victoire, ai-je pensé.

M.

Ce qui me trouble, c'est que bien que Caitlin soit celle qui ait fini par… *briser* Quin, je n'avais jamais entendu parler d'elle. Je ne crois pas non plus l'avoir rencontrée, et je rencontre des tas de jeunes femmes qui gravitent autour de Quin. Sharona, elle, je l'ai croisée une fois, et j'ai surtout beaucoup entendu parler d'elle (*Ce qu'elle est candide, tout de même. Et tellement particulière. On dirait qu'elle sort tout droit des années cinquante, c'est fou.* Même si, de toute évidence, ce n'était qu'une fille des années quatre-vingt-dix tout ce qu'il y a de plus ordinaire, jusqu'à son prénom cucul tout droit sorti d'une chanson pop). Vers la fin de leur « amitié », il m'a même envoyé des textos qu'il voulait lui adresser, pour me demander mon avis. Certains étaient agressivement moqueurs, d'autres presque implorants, dont un où il comparait son refus de « partager » davantage de sa personne à celui du Congrès républicain de partager les richesses de la société. (Celui-ci, je lui ai clairement dit de ne pas l'envoyer.) Nous pouvions passer des déjeuners entiers à analyser son comportement, et notamment pourquoi elle ne le laissait pas lui caresser le dos, ni même la prendre par le coude pour la guider à travers une pièce. C'était toujours la même conversation : je lui faisais la leçon sur le respect et les limites à ne pas franchir. Il se demandait comment quelqu'un pouvait faire à ce point « sa précieuse », et déclarait que lui ne négligerait *jamais* les besoins d'un ami. « Et si j'avais besoin que tu t'agenouilles et que tu m'embrasses les pieds chaque fois que tu me vois ? » ai-je rétorqué. Il le ferait, a-t-il prétendu. J'ai souligné que ça pourrait être très embarrassant. Il a répondu qu'il allait le faire sur-le-champ, et puis s'est effectivement agenouillé par terre dans le restaurant. Aux gens qui le regardaient, il a expliqué : « J'honore les besoins de ma tendre amie. » Il a vraiment essayé de m'embrasser les pieds. J'ai dû dire : « Stop ! » Mais je riais.

Il me racontait tout sur Sharona. Mais j'ignorais l'existence de Caitlin avant le procès. « Qu'est-ce que tu as fait ? ai-je demandé. Pourquoi crois-tu qu'elle est si en colère ? »

Il a haussé les épaules. « Elle m'a demandé ce qu'elle devait faire pour être invitée à mes fêtes, et je lui ai dit qu'elle devait flirter davantage avec moi. Je pense que ça l'a vraiment offensée. »

Bien sûr, les récits dans le journal énuméraient de nombreuses autres offenses, y compris l'envoi à Caitlin, alors qu'elle travaillait encore pour lui, d'une vidéo d'un homme en train d'infliger une fessée à une femme. Les gens ont été choqués quand j'ai pris sa défense sur ce coup-là. « Je sais que ç'a l'air atroce, ai-je dit. Mais je ne pense pas que ça se soit vraiment passé comme ça. Il lui a probablement demandé ce qui lui plaisait sexuellement, et elle lui a dit qu'elle aimait la fessée. Pour lui, ce serait la réaction la plus naturelle du monde d'envoyer une vidéo de fessée. Oui, c'était quand même grossier ! ai-je admis. Mais…

– Je n'ai même pas posé la question, m'a dit Quin. Elle me l'a dit d'elle-même. Et ce n'était pas du porno ni rien de ce genre… c'était John Wayne en train de fesser une actrice dans un bon vieux western ! »

Ce n'était même pas Caitlin qui l'accusait d'une vraie fessée. Quelqu'un d'autre avait fait cette révélation, dans une interview pour le *Times*. En réalité cette femme ne participait pas au procès, mais une chose est sûre, elle avait contribué à le justifier.

Q.

Si ma femme reste avec moi, je m'en sortirai. Je m'en sortirai quoi qu'il en soit, mais… *brisé, esquinté, privé de son respect* : voilà le genre de mots qui peuvent s'accumuler quand mon esprit part dans cette direction, alors je l'en empêche. Je fais mon footing matinal. Je garde la tête haute. Mon esprit est plein de lumière. La vie est un miracle. Elle continue, peu importe ce qui arrive à un seul homme égoïste. « Tu es Quinlan Maximillian Saunders, et tu vas surmonter tout ça pour te bâtir une vie meilleure. » Carolina m'a dit ces mots à deux heures du matin, en me serrant dans ses bras, le visage ruisselant de larmes. Plus tôt ce jour-là – en fait, c'était la veille –, elle m'avait giflé en public, dans la rue. Elle avait fait ça parce que j'avais croisé une de mes accusatrices et que je lui avais souri en disant : « Bonjour. »

« C'est elle qui m'a souri, ai-je expliqué. Je n'ai fait que répondre. » Et ma femme s'est retournée et m'a frappé. Aussi fort qu'elle le pouvait, paume ouverte.

« Imbécile », a-t-elle dit. Elle parlait calmement et à voix basse, mais quand même assez fort pour que les passants l'entendent. « Il faut croire que je ne peux pas te laisser sortir, même avec moi. »

Plus tard, elle m'a serré dans ses bras. Mais c'est vrai, elle m'interdit effectivement de sortir, et j'obtempère parce que je sais tout ce qu'elle a subi à cause de ça, et ce qu'elle croit que Lucia subira un jour – même si je pense que Carolina sous-estime la petite.

C'est tellement horrible, et tellement absurde. Absurde que j'aie fait certaines choses, oui. Absurde également que Caitlin occupe un poste que je l'ai aidée à obtenir, et que du haut de cette place, elle m'accuse de choses dont elle était partie prenante. Plus absurde encore, cela lui vaut d'être qualifiée de « courageuse ». Et enfin, je trouve légèrement absurde de voir que ce qui fait le plus mal à Carolina dans toute cette histoire, je le soupçonne, ce n'est pas la blessure infligée à son cœur, ni même à sa véritable dignité, mais l'atteinte à son identité sociale : elle est passée de femme d'un éditeur respecté à femme d'un paria.

« Quel genre d'épouse est-ce que je suis ? » Elle a hurlé ces mots en présence d'un de mes plus proches amis. « Quel genre d'épouse est-ce que je serai face aux caméras ? Au tribunal ? Une épouse loyale ? Une épouse pleine de hauteur d'âme ? Une épouse humiliée ? » Elle a hurlé, mon élégante, ma formidable Carolina, et mon ami et moi sommes tout simplement restés bouche bée devant sa douleur.

« C'est moi qui dois appeler les avocats, fulminait-elle, et le patron de la maison d'édition, qui t'a planté un couteau dans le dos après que tu t'es sabordé pour lui. C'est moi qui dois prendre le téléphone et rappeler à cet hypocrite que, sans toi, il n'a pas de bouc émissaire, et que, sans lui, on n'a pas d'assurance.

– Est-ce que tu peux contre-attaquer en justice ? a timidement suggéré mon ami. Est-ce que tu peux traîner la fille devant les tribunaux ou…

– Tu plaisantes ? Tu sais combien ça coûterait ? Tu sais combien on a déjà perdu ? » Mais au moins, elle a cessé de crier. « Je me moque de la fille. Ce qui m'importe c'est l'assurance maladie et la survie de ma famille. Je me moque qu'il soit disculpé. Je n'ai pas envie de gagner. Je veux juste que ma famille s'en sorte. »

Horrible. Pas absurde. Horrible. Je le ressens. Je le ressens tous les jours. Mais je n'y pense pas. Ça fait trop mal d'y penser. Au lieu de ça, je pense à Sharona. Je lui ai même écrit une lettre. Je ne sais pas si je vais l'envoyer. Margot a dit que ça ne changerait rien ; si c'est vrai, autant le faire :

J'ai lu dans le rapport sur les témoignages annexes que tu faisais partie de celles qui proposent d'exposer notre relation comme exemple de mon comportement abusif. J'en ai été choqué et blessé. Je n'ai jamais eu l'intention de faire du mal ou de manquer de respect. J'ai taquiné, peut-être trop. Mais tu dois savoir la valeur que j'accordais à notre amitié, le respect que j'avais pour toi. J'ai proposé d'inclure ton copain dans notre cercle rien que pour profiter de ta présence. Je t'en prie, Sharona, ne participe pas à ça. Je ne te le demande pas parce que je crois que ç'aura un impact sur l'issue judiciaire – je sais qu'il n'en sera rien. Je te le demande parce que ça me fait vraiment mal de voir ton nom associé d'une quelconque manière à tout cela. Je t'en prie, montre-moi ne serait-ce qu'une fraction de la considération que j'ai pour toi.

J'étais très tenté d'ajouter que Hortense, la fille du moment sacré dans l'espace d'essayage, se tenait résolument à l'écart du procès, et qu'elle m'avait même envoyé un mot de soutien. (Ce qui était d'autant plus lourd de sens que Hortense connaissait Caitlin ; je me demande ce que devient cette amitié ?) Mais je ne l'ai pas fait.

M.

« Tu avais une tapette à fessée dans ton bureau ? Elle traînait là, comme ça ? Je ne l'ai jamais remarquée.

– Oh Margot, arrête. C'était plutôt, je ne sais pas, une grande cuiller ou une spatule.

– Et comme par hasard, elle était dans ton bureau. Et tu…

– On avait rendez-vous pour déjeuner et elle avait une demi-heure de retard. Je déteste quand les gens sont en retard. Je suis sûr que tu as remarqué que je suis très ponctuel.

– En effet.

– Donc j'étais un peu agacé et, presque pour détendre l'atmosphère, j'ai dit : “Tu mérites une punition pour ton retard, tu ne crois pas ?” Et elle a répondu : “Si, sûrement." Alors j'ai dit : "Quelle devrait être cette punition ?" Je n'avais pas la moindre idée de ce qu'elle allait répondre. Elle a dit… non, en fait elle ne s'est pas contentée de le *dire* : elle s'est retournée et penchée en avant. » Il a fait le geste pour me montrer, postérieur offert, genoux et cuisses serrées dans une pose affectée. Je crois qu'il a même posé les mains sur ses genoux. « Et elle a dit : "Une fessée." Alors je lui ai donné une seule tape avec ce couteau à beurre…

– Une spatule, tu as dit.

– Peu importe ce que c'était, je ne m'en souviens pas. Et puis on est allés déjeuner et on a passé un super moment. Et maintenant elle dit que je l'ai frappée et avilie. »

Je me suis pris le visage à deux mains en imaginant la scène : l'atmosphère badine au bureau, les paroles légères, la fille qui faisait peut-être une petite *moue** par-dessus son épaule en présentant ses fesses pour rire. Peut-être avait-elle tressailli à cette sensation cuisante, mais ensuite… allons-y pour le déjeuner et la rigolade ! Et puis le trajet de métro silencieux pour rentrer chez elle, face à une rangée d'inconnus fatigués et distraits qui fixaient leur téléphone ou simplement le vide.

« C'est ça que je ne comprends pas. C'était son idée… non, en fait, c'était bien mon idée. Mais elle a, plus que joué le jeu. Elle n'était pas obligée de tendre les fesses comme ça. Elle n'était obligée de rien. Aucune d'elles ne l'était.

– Quin, ai-je répondu. Je ne dirai jamais ça en public. Je ne le dirai à personne d'autre qu'à toi. Et peut-être à Todd. Mais écoute. Les femmes sont comme les chevaux. Elles veulent qu'on les mène. Elles veulent qu'on les mène, mais aussi qu'on les respecte. Tu dois le mériter, à chaque fois. Et elles sont sacrément balèzes. Si tu ne les respectes pas, elles te jetteront à terre et caracoleront dans le paddock pendant que tu baignes dans ton sang. Voilà ce que je pense. »

Q.

Est-ce que je respecte les femmes ? Pour être honnête, je ne suis pas sûr de pouvoir donner une réponse générale et qui s'applique à tous les cas de figure. Mais je peux dire ceci : je respecte ma femme. Et je ne l'ai pas trahie.

« J'ai flirté. C'est tout ce qu'il y a eu. Je l'ai fait pour me sentir vivant sans être infidèle. Je n'ai jamais…

– Ç'aurait été plus digne si tu l'avais fait, a répliqué Carolina. Ç'aurait été plus normal.

– Ç'aurait été plus digne si j'avais été infidèle ? Tu le penses vraiment ? »

Elle était assise le dos bien droit, le regard tourné vers nos grandes fenêtres orientées à l'ouest. D'innombrables formes rectilignes, argentées et grises, se dressaient dans un ciel aberrant de nuages violacés et de lumière rose surnaturelle. Le coucher du soleil s'est reflété dans une merveille de verre et d'acier particulièrement vertigineuse, qui a viré à l'orange.

« Tu n'es même pas un prédateur, a-t-elle dit doucement. Même pas. Tu es un imbécile. Un imbécile qui pince, qui rôde, qui fait des sous-entendus. Voilà ce qui est insupportable. »

M.

Je ne connaissais pas la plupart des femmes qui avaient dénoncé Quin. Mais j'en connaissais une, une romancière nommée Regina March, l'une de ses découvertes mineures d'il y a quelques années. Je l'avais vue aux soirées de Quin et je l'aimais bien ; c'était une femme chaleureuse de quarante ans, aux idées bien arrêtées, et qui, je m'en souviens, serrait toujours Quin dans ses bras pour lui dire au revoir. J'ai été stupéfaite de constater qu'elle faisait partie des centaines de femmes signataires de la pétition nommant de multiples « agresseurs » et exigeant que plus personne ne les embauche. Elles menaçaient en particulier de boycott toute maison d'édition ou société de médias qui engagerait l'un d'entre eux. Au bout du compte, cette femme intelligente et délicieuse mettait en péril le gagne-pain de l'homme qui avait été le premier à la publier !

Mon incompréhension devait être visible quand je l'ai aperçue lors d'une soirée ; son visage s'est décomposé en me voyant. Aiguillonnée par son air coupable, j'ai pris mon temps pour la traquer à travers la pièce, je l'ai rejointe dans une conversation à trois, et j'ai poliment attendu mon heure. Je n'ai pas eu à patienter longtemps. Dès que l'autre femme est partie, elle m'a regardée avec des yeux pleins d'émotion et m'a demandé : « Comment va Quin ? Comment va Carolina ?

– Comme on peut s'y attendre, ai-je répondu.

– Je pense à eux tous les jours. J'ai voulu leur faire signe mais…

– Leur faire signe ? Tu as voulu leur faire signe ? Bon sang, Regina, pourquoi as-tu signé ce truc ? »

Elle s'est mise à pleurer. Elle a dit qu'elle n'avait vu le nom de Quin sur la pétition qu'après l'avoir signée – il y en avait tellement, des noms – et que, comme c'était sur Internet, elle n'avait pas pu revenir sur sa signature. Peut-être que son nom avait été ajouté après qu'elle avait signé ? Parce que si elle l'avait vu, elle n'aurait pas fait ça ! Est-ce que je pouvais le lui dire, est-ce que je pouvais le dire à Carolina, est-ce que je pouvais…

Q.

Quand j'aurai obtenu un non-lieu – et je sens qu'il y a de bonnes chances pour que ce soit le cas –, je veux faire une déclaration. J'ouvrirai un blog, peut-être, ou j'enverrai quelque chose au *Times*. Peut-être que je lirai simplement ça au tribunal. L'idée m'est venue tard, un soir – en réalité tôt le matin, probablement vers quatre heures, quand je me suis réveillé le cœur si serré que je le sentais à peine battre. Carolina était à côté de moi, et même si j'avais envie de me coller à elle pour puiser de la force, je n'ai pas bougé. Ses traits étaient à peine visibles dans le noir, mais je distinguais les contours de son front, de ses lèvres, de son nez et de ses joues ; ces formes-là évoquaient la tristesse et l'impuissance, mais ses épaules arrondies et son cou affichaient une détermination animale à *surmonter toute cette merde*. Carolina : la figure sacrée derrière le décor tape-à-l'œil de ma vie publique. Incapable de m'en empêcher, je me suis rapproché et, pénétrant dans la sphère de sa chaleur, j'ai été inondé de soulagement et d'un résidu de bonheur. Et puis elle a bougé dans son sommeil, elle s'est écartée de moi.

Il faut que je fasse quelque chose, ai-je pensé. Il faut que je me batte, d'une façon ou d'une autre. Je pourrais faire signe à de vieux amis à Londres. Peut-être que le poison ne s'est pas répandu jusque là-bas. Terrible de devoir affronter mon père, mais… Je me suis levé, je suis allé dans le salon et j'ai contemplé le parc, dehors, les verts profonds de sa végétation et ses bruns rocailleux sous le ciel blême. Mais je ne voulais pas aller en Angleterre. Je voulais rester ici. Quelques voitures se traînaient mollement dans la rue ; une calèche longeait le trottoir cahin-caha. Des sons montaient vers moi – un camion poubelle, un bus, un gros engin qui produisait un bip atroce en faisant demi-tour, le bruit gris de la circulation. Des klaxons, notes tonitruantes et claires avant que leurs contours s'estompent, se fondant progressivement dans la dominante grise. C'était beau vu d'en haut – ce qui se soumet à l'échiquier, ce qui lui résiste. Ça me donnait foi en moi. Les mots et la musique circulaient librement dans mon esprit, comme venus d'un lieu appartenant aux profondeurs souterraines, un lieu où les signes et les symboles de la société puisent leur vitalité. Ragaillardi par l'ordre déglingué de la ville qui s'éveillait, j'ai cru possible que tout finisse bien, que je parvienne à me faire comprendre, et même – peut-être – à faire la paix avec celles qui estimaient que je leur avais causé du tort.

Je me suis assis à mon bureau et j'ai écrit :

> Je me rends compte que la manière dont je me conduis en société n'a pas toujours été agréable pour mon entourage. Je suis d'une génération qui accorde plus de valeur à la liberté et à la franchise qu'à la politesse, et j'ai agi selon ces valeurs, parfois en *provocateur**, parfois même en histrion. Peut-être m'est-il arrivé d'aller trop loin, d'être trop curieux, trop amical, un peu arrogant à l'occasion. Mais…

Après ça, je ne savais pas quoi ajouter. Curieusement, j'ai été distrait par le souvenir d'une artiste qui était souvent venue à nos soirées, une fille sexy qui m'avait récemment envoyé un gentil e-mail. J'ai pensé à une vidéo qu'elle avait réalisée, montrant un homme à genoux qui aboyait à ses ordres ; elle l'avait fait aboyer pour un baiser (« Plus fort ! Encore ! ») jusqu'à ce que les deux s'écroulent, pris d'un fou rire. Non sans effort, j'ai recentré mes pensées sur ma femme et Lucia, qui s'était réveillée d'un mauvais rêve deux nuits plus tôt et était venue se glisser entre nous dans le lit, réclamant qu'on la serre tous les deux dans nos bras. Mais même si c'était tout récent, le souvenir semblait lointain, et j'avais d'autant plus de mal à rédiger ma déclaration. Je suis resté là encore une heure, et je ne savais toujours pas quoi dire d'autre.

« Je pense que ce serait bien que tu commences par t'excuser. » C'est ce que le mari de Margot, Todd, a suggéré quand je leur ai demandé de l'aide pour la déclaration. On avait bu des verres et discuté dans leur appartement vieillot de Brooklyn – un labyrinthe de petites pièces compensées par une vaste cuisine pleine de charme, malgré ses moulures abîmées et son plafond taché et affaissé.

« M'excuser de quoi ? D'être moi-même ?

– D'avoir causé de la souffrance. Je me rends compte qu'il y en a qui surréagissent ou surfent simplement sur la tendance. Mais certaines ont dû être sincèrement blessées et… »

J'adore Todd. C'est un homme bon et honnête, aux proportions légèrement étranges – de petites mains, une bouche délicate, des épaules impressionnantes, et une grosse tête qui lui donne des airs de sénateur. Je l'aime comme le chien fidèle du chat versatile qu'est Margot. Sauf que je ne suis pas un chien, et prétendre le contraire ne marchera pas.

« Mais je ne crois pas qu'elles aient été blessées. Elles ont peut-être été offensées, ce qui est différent.

– Mais, elles, est-ce qu'elles estiment avoir été blessées ? »

Margot ne m'a pas laissé le temps de répondre. « Ce que je dirais, c'est que tu ne comprends pas pourquoi ces personnes racontent des trucs pareils après s'être comportées comme des amies et avoir accepté des faveurs de ta part.

– Je n'ai pas envie de dire : “Je ne comprends pas”. C'est de la faiblesse, des jérémiades. Et en plus, je comprends, en fait.

– Qu'est-ce que tu comprends ? » a-t-elle demandé.

Mais quelle patience condescendante de la part de ma chère amie ! Pourtant, j'ai répondu calmement : « Que c'en est terminé des hommes comme moi. Qu'elles sont en colère à cause de ce qui se passe dans ce pays, ce gouvernement. Elles ne peuvent pas s'en prendre au roi, alors elles se satisfont du fou. Elles ne gagneront peut-être pas aujourd'hui, mais à la fin elles gagneront. Et qui suis-je pour m'interposer ? Je n'ai pas envie de m'interposer. »

Ils m'ont regardé avec un respect funèbre.

« C'étaient mes amies. J'aimerais qu'on soit toujours amis. Elles me manquent.

– Tes amies ? a répété Margot avec un vrai rire de mépris. Cette petite garce a fichu ta vie en l'air !

– Elle n'a pas fichu ma vie en l'air. Je ne lui laisserai jamais ce pouvoir. C'est juste une gamine paumée ! »

Ils m'ont jeté un nouveau regard, juste funèbre cette fois.

M.

« Il veut rester amis avec elles, a dit Todd, incrédule.

– Je sais.

– Il est foutu, a dit Todd.

– Je sais.

– Enfermé dans la fente d'un pin.

– Quoi ?

– Et possédées d'une rage implacable, elles l'enfermèrent dans un pin éclaté, dans la fente duquel il demeura cruellement emprisonné...

– Oh, arrête, ça n'a rien de shakespearien, loin de là. Et ne compare pas ces femmes à des sorcières.

– Pourquoi ? » Il faisait la vaisselle tandis qu'on discutait, et s'est retourné pour me regarder. « Tu viens d'en traiter une de "petite garce". »

Il avait l'air sincèrement déconcerté, alors je me suis contentée de dire : « Je sais », et on est passés à autre chose.

Mais sa comparaison n'était pas correcte. Ariel n'avait pas pincé le cul de Sycorax, il ne lui avait pas demandé de lui mordre le pouce. Ariel avait été puni pour avoir refusé d'obéir aux ordres de la sorcière ; Quin était puni pour avoir donné des ordres. Ou du moins, c'est comme ça que les femmes avaient réagi – comme si quelqu'un qui en avait le pouvoir leur avait donné des ordres.

C'est là que je ne comprends pas mes propres sentiments. Quand j'explique à mes collègues que ces femmes auraient simplement dû dire à Quin d'arrêter, que moi-même je lui avais dit d'arrêter et l'avais *fait* arrêter, ils me répondent immanquablement que le pouvoir lui appartenait de façon disproportionnée, et que même si, en théorie, les femmes auraient pu le repousser, on ne devrait pas attendre ça d'elles, elles ne devraient pas avoir à le faire. Et là je m'énerve et éructe quelque chose sur la capacité des femmes à agir, par opposition à leur infantilisation, etc. Oui, il a mal agi, dis-je. J'étais en colère contre lui, moi aussi. Mais méritait-il de perdre son poste, le droit de travailler, son honneur d'être humain ? Fallait-il le broyer si totalement, si absolument ? Les gens n'auraient pas pu se contenter de se moquer de ce Jiminy Criquet lubrique, et en rester là ? (Un gentil criquet, croisé avec le vilain renard Grand Coquin – *Hi-diddle di di !*)

Mais il y a d'autres choses que je ne dis pas, que je ne peux pas dire. Et c'est là qu'arrive le vrai coup au cœur. Subtil. Mais réel.

Il y a quelques années, Quin m'a raconté qu'une de ses amies voyait ressurgir depuis peu des souvenirs refoulés d'abus sexuels subis dans son enfance. Ce processus le laissait sceptique et il était si las du sujet qu'il finissait par éviter de la voir. « Quin, lui ai-je dit. Si tu te soucies d'elle comme d'une amie, mets ton scepticisme de côté. Même si ça ressemble à des conneries. C'est important, et elle a confiance en toi. » Et pour lui faire comprendre à quel point je croyais à ce que je disais, je lui ai raconté que j'avais été abusée à l'âge de cinq ans.

« Et tu t'en souviens ? a-t-il demandé.

– Pas de tout. Mais j'ai des souvenirs très vifs de

certaines choses. C'était choquant, en tout point. La force de cette sensation. Il ne m'a pas blessée physiquement, mais c'était comme être assommée puis hypnotisée. La sensation me dépassait, c'était trop puissant pour mon âge.

– C'était qui ?

– Un ami de la famille. Je me souviens de sa grande silhouette noire. Je ne veux pas dire que sa peau était de couleur noire. Il émanait de lui une certaine noirceur, que je percevais je ne sais comment. Comme une douleur. Je me souviens d'avoir grimpé sur ses genoux et essayé de le réconforter.

– Je suis certain que tu l'as réconforté. À ses yeux tu devais être un petit ange.

– Quin, ai-je dit. C'est bizarre de dire un truc pareil.

– Pourquoi ? Certains enfants ont un vrai pouvoir. Je suis sûr que tu as fait disparaître cette douleur pendant un petit moment.

– Pas pour longtemps. Il s'est suicidé.

– Horrible. Mais quand même, je suis certain que tu l'as aidé. »

Et puis la conversation a dévié. Je n'ai pas ressenti

de colère. Je ne me souviens pas de ce que j'ai ressenti, exactement, à part un mélange confus et étrange d'incrédulité et d'acceptation. Il ne m'est pas venu à l'idée de lui en parler, pas avant très longtemps. Il ne se souvenait plus de cette conversation, mais s'est néanmoins excusé ; il ne comprenait pas pourquoi j'étais contrariée. « J'essayais juste de trouver quelque chose de positif là-dedans », a-t-il dit. Et j'imagine que c'était vrai. Mais au fond de moi je suis restée en colère. En même temps, je l'aimais toujours. Je comptais toujours sur son soutien et ses conseils. J'étais comme les femmes qui ne lui avaient pas dit d'arrêter, et qui se comportaient en amies alors que leur colère ne cessait de croître. Ce n'était pas parce qu'il avait plus de pouvoir que moi ; ça n'avait pas vraiment d'importance. Et ce n'était pas parce que je suis comme les chevaux. Je ne sais pas pourquoi j'ai agi comme je l'ai fait, et j'ai continué ainsi ; lui, a continué ainsi. Les petites railleries et plaisanteries qu'il lâchait toujours, habilement mêlées à ses flatteries habituelles, me piquaient comme un insecte invisible (« Tu fais tellement plus attention à ton apparence qu'il y a à peine cinq ans, je trouve ça intéressant. »).

Et si autrefois j'aurais pu les balayer d'un geste, j'en étais brusquement incapable. Tout comme j'étais incapable de lui demander des comptes. La discussion évoluait trop vite.

Q.

Quand j'avais dix-neuf ans, j'ai couché avec une fille dans les toilettes publiques d'un club, si tant est que cette fosse bruyante, sombre et crasseuse mérite le nom de club, comme on le croyait à l'époque. Je n'ai pas eu besoin de faire grand-chose pour ça, si peu que je m'en souviens à peine. Je me souviens d'elle, en revanche : son joli petit visage trop crispé, trop inexpressif, mais son corps presque parfait, plein d'une volonté étrange et obstinée. D'abord j'étais assis et elle agenouillée (tee-shirt relevé, soutien-gorge baissé, des seins incroyables qui débordaient, écrasés et de traviole), puis je me suis mis debout et elle s'est penchée en avant, s'offrant au-dessus d'une cuvette de toilettes publiques. Nous n'étions pas seuls, le rugissement vulgaire de la sono entrait par vagues avec le bruit de ventouse de la porte, et les gens dégobillaient dans les cuvettes en porcelaine, chahutaient et riaient dans les box branlants. Elle s'est presque précipitée dehors quand on en a eu fini et, pris d'un vague remords, je lui ai demandé son numéro, parce que je me disais qu'elle avait peut-être envie de ça, même si elle n'en avait pas l'air. J'ai une photo d'une ancienne petite amie dans le même club. Elle a été prise pile au moment où quelqu'un lui remontait sa jupe pour montrer qu'elle ne portait pas de culotte. Elle a les yeux baissés, le visage tourné d'un air à moitié provocant, sa main lutte pour se couvrir les fesses, mais elle sourit, et à première vue on pourrait croire que c'est elle qui soulève sa jupe. Je me demande, si ces filles étaient jeunes de nos jours et que quelqu'un leur mettait la main sur le genou, est-ce qu'elles se diraient « agressées » ? Est-ce qu'elles diraient qu'elles étaient trop « paralysées » par le désarroi pour l'arrêter ?

C'est fou comme on se racontait différemment à l'époque. Et à quel point on avait conscience qu'il s'agissait d'une histoire.

M.

Même si elles l'expriment rarement librement, certaines personnes éprouvent une réelle compassion pour Quin. « C'est une mascarade, a murmuré un type d'une voix rauque par-dessus la table, lors d'un apéro entre collègues après le travail. Sa vie est fichue parce qu'un cul a été pincé ? » Il n'y avait pas que des hommes : une attachée de presse de plus de soixante ans, dans le métier depuis toujours, affichait bruyamment sa sympathie en disant qu'il était « merveilleux » et « généreux », tandis que ses collègues plus jeunes fronçaient les sourcils avec irritation. « Peut-être généreux à l'excès, a-t-elle ajouté, envers des crétines qui ne le méritaient pas, le pauvre homme. »

L'opinion dominante, cependant, c'est qu'il a eu ce

qu'il méritait. Il s'était apparemment fait davantage d'ennemis que je n'en avais conscience. Pourtant, la plupart des gens considèrent l'amitié que je continue à entretenir avec lui comme de la loyauté, si discutable soit-elle. Ma réputation professionnelle, après tout, est fondée sur la publication d'un livre de nouvelles pleines de charme sur des femmes masochistes (dont l'autrice désormais sans charme se plaint *encore* du montant de son avance), un livre considéré tour à tour comme révolutionnaire, « émancipateur », triste, d'une platitude insupportable, et, enfin, intéressant d'un point de vue sociologique. Bien que de nombreux livres aient vu le jour sous ma houlette depuis, je ne me suis jamais tout à fait dissociée de cette aura certes émoustillante, mais aussi lassante. Je l'ai donc pris de façon assez personnelle quand, à l'issue d'une conférence particulièrement ennuyeuse, les commérages se sont orientés sur les hommes qui avaient récemment été dénoncés et ruinés par des femmes indignées, et qu'une collègue a dit, je ne me souviens plus à quel sujet : « Et puis il y a les femmes qui essaient de défendre ces sales types. Celles qui disent : "Les hommes sont comme ça, voilà tout." Celles-là, j'ai de la peine pour elles. Parce que je n'imagine même pas à quoi a dû ressembler leur vie. »

Elle ne m'a pas regardée. Je ne l'ai pas regardée. Le nom de Quin n'a pas été cité. Pourtant, je m'en veux de ne pas avoir dit : « Quin n'est en aucun cas "comme" les autres hommes que j'ai pu croiser. Je n'en connais pas un qui soit aussi comique et aussi bizarrement lubrique. Je n'en connais pas un qui s'agenouillerait dans un restaurant en essayant de vous embrasser les pieds juste par jeu. Ou qui vous proposerait de garder votre argent et votre rouge à lèvres pour vous permettre d'avoir l'air plus libre. Je ne connais aucun autre homme qui dirait à une femme en pleurs qu'il connaît à peine : "Tu es un être adorable", et lui proposerait d'aller boire un thé alors que son "amie" à elle lui avait raccroché au nez. » Ma si digne collègue aurait également raccroché, j'en suis certaine, dégoûtée par la faiblesse que je montrais alors. C'est Quin qui m'a remise sur pied, et pas seulement cette fois-là. Pendant des jours, des semaines et des mois, il m'a aidée à avoir le sentiment que je faisais partie du genre humain, et pas uniquement par sa gentillesse : c'est sa folie, son humour, son *obscénité*, qui m'ont redonné goût à la vie.

J'ai déjeuné avec lui l'autre jour et il était dans une forme exceptionnelle, vêtu à la perfection, un foulard à glands un peu canaille autour du cou. On a parlé des livres qui sortaient, ses livres, dont l'un venait d'avoir une excellente critique dans le *Times* ; on a partagé des ragots sur les collègues. On a parlé de Carolina et de Lucia qui, à l'âge de huit ans, s'était soudain mise à sucer son pouce, une nouveauté à laquelle sa femme accordait trop d'importance, selon lui. Il bavardait avec tous les serveurs, les sondant sur tous les sujets, depuis leur uniforme, et ce que ça leur faisait de le porter, jusqu'à leurs plus grands espoirs et ambitions. Les sympathiques jeunes hommes étaient manifestement amusés. « Continuez à poser des questions ! » nous a exhortés l'un d'eux alors que nous tirions enfin notre révérence.

« Je crois que le vent est en train de tourner pour moi, a dit Quin. Je le sens. La ville s'ouvre de nouveau à moi. »

Un coup au cœur. Un vrai.

Q.

Des histoires, rien que des histoires, tout ça. Personne n'est fait pour la vie, et c'est pour ça qu'on invente des histoires. Aujourd'hui les femmes sont très friandes du rôle de la victime. Celles que j'ai offensées sont toutes des victimes, alors même qu'elles sont partout mises à l'honneur. Je pourrais faire mienne cette histoire, moi aussi, mais ce n'est pas la meilleure, parce qu'elle est beaucoup trop simple. La meilleure histoire, c'est celle qui révèle une vérité, comme quelque chose qu'on voit et comprend dans un rêve mais qu'on oublie dès le réveil. La fille qui s'est penchée au-dessus des toilettes pour moi il y a si longtemps – elle exprimait une vérité qu'elle a fuie l'instant d'après, et sa fuite aussi était vraie. Quand j'ai collé mon pouce sous le nez de cette fille – l'exemple que Margot ne manque jamais de ressortir, comme si c'était le pire de tous mes outrages –, je la mettais au défi de se dévoiler, et moi aussi je me dévoilais en montrant mon besoin de vivre et de me sentir vivant. Je demandais, j'invitais, même : tu sais jouer, tu veux jouer ? Elle a répondu non, et ça m'allait. J'ai quand même acheté son livre ; j'en ai même lu un bout.

Voilà, et aujourd'hui la vérité c'est que tout le monde a dit non. Aujourd'hui la vérité c'est que je suis l'homme de la vidéo de cette artiste sexy, à genoux, aboyant pour un baiser. En fait, j'ai toujours été lui. J'étais prêt à faire tout ce que Sharona voulait – inviter son copain à dîner avec nous, pour profiter de sa présence à elle, m'agenouiller et aboyer si ça pouvait me valoir un rire et un baiser, juste un baiser ! Enfin, tout ça paraît bien hypocrite. Je vois déjà Margot lever les yeux au ciel. Je vois déjà Carolina, son visage hébété et désolé, vieilli par le chagrin – la mine qu'elle prend quand elle croit que je ne la vois pas, celle qu'elle avait hier soir, en sortant de la chambre de Lucia, son grand sourire qui s'affaissait, puis qui s'est durci dès qu'elle m'a aperçu. Je vois déjà ma petite fille, ses joues et son front adorables luisant à la lumière blafarde de son ordinateur portable derrière une porte à demi close, qui prend bien soin de ne pas entendre les paroles de colère, les larmes. Ce qu'elle verra peut-être un jour sur cet ordinateur : tout ça se précipite sur moi à une vitesse révoltante, me frôle vicieusement avant de dévier et de poursuivre sa route comme le camion diabolique d'un film d'horreur. C'est une histoire triste, pas de doute, mais bon… Mieux vaut la prendre un jour après l'autre. Et se souvenir…

La vie est faite pour toutes les histoires. J'arpente la rue le visage ruisselant de larmes ; j'arpente un monde d'articles en solde et de boissons aromatisées, de foules en marche, de bitume abîmé, de vapeur jaillissant des fissures. Marteaux piqueurs, vrombissement des bus, femmes qui fendent la masse, telles des lames de couteau sur leurs talons hauts aiguisés, devant des vitrines pleines de visages, de produits, d'injonctions bariolées, de lumière et de poussière. Des employés avachis fument sous les porches, des serveurs débarrassent des tables en terrasse. Des clients se détendent devant des assiettes vides, jambes écartées, tripotant leur téléphone. Des boissons aux couleurs vives, du vin, du pain. Des volées de pigeons, un rat prudent. Ce kiosque à journaux, je connais son propriétaire ; il croise mon regard et réagit à mes larmes avec tact, un changement infime dans son expression. Tout au fond de cette caverne de gros titres tapageurs et de visages clinquants, il frissonne de froid et lutte pour respirer ; ses poumons lâchent peu à peu tandis qu'il vend des magazines et des bouteilles d'eau, des pastilles de menthe et des petits plants de basilic. Nous nous saluons. Je ne dis pas mais je pense : *Salut, mon frère*. Et la vie défile à toute allure. Au coin de la rue, des gens jouent sur des instruments et chantent. Des hommes maussades sont assis avec leurs chiens crasseux et mendient. Dans le métro, un garçon accroupi au nez busqué, à la chevelure décolorée et filasse, non dénuée d'une certaine élégance, manipule des marionnettes grossières sur une musique sexy, au milieu d'un curieux décor composé de vieux jouets. Il y a quelque chose de sinistre ; il lève un regard pâle, lubrique. Une femme âgée rit trop fort, essayant d'attirer son attention. Un mendiant me regarde et me dit : « Ne soyez pas si triste. Ça ira mieux avec le temps. » Et je le crois. Il y a autre chose qui m'attend. Si ce n'est pas ici, alors à Londres, je le sens. Je suis à terre, en sang, mais je me relèverai. Je chanterai des hymnes de louange.

Le mendiant rit dans mon dos, crie quelque chose que je n'entends pas. Je me retourne, un dollar déjà à la main.

RÉALISATION : NORD COMPO À VILLENEUVE-D'ASCQ
IMPRESSION : NORMANDIE ROTO IMPRESSION S.A.S. À LONRAI
DÉPÔT LÉGAL : MARS 2020. N° 1633 (1906453)
IMPRIMÉ EN FRANCE